Mark Sarg

Der verliebte Mord

Mark Sarg

Der verliebte Mord

Bizarre Kurzgeschichten

Goldene Rakete Verlag für Belletristik

Imprint

Cover image: www.ingimage.com

Publisher:
Goldene Rakete Verlag für Belletristik
is a trademark of
International Book Market Service Ltd., member of OmniScriptum Publishing Group
17 Meldrum Street, Beau Bassin 71504, Mauritius

Printed at: see last page
ISBN: 978-620-2-44553-5

INHALTSVERZEICHNIS

SCHÄTZE DES WELTALLS

In einem kosmischen Kaufhaus, welches „Schätze des Weltalls“ feilbot, erstanden zwei Touristen eines fernen Sterns in der Abteilung „Souvenirs vom Planeten Erde“ voll Stolz ein altes Rasierzeug, einen Klobesen, ein militärisches Gruppenfoto von Offizieren des 1. Weltkriegs sowie eine Juxbonbonniere, deren Pralinen mit Salz, Pfeffer und Watte gefüllt waren.

Während sie daheim alles Übrige in eine Prunkvitrine mit Erinnerungsstücken stellten, ließen sie sich die Bonbons trefflich munden – was sie zu dem Schlusse führte:

„Sehen zwar recht ***wunderlich*** aus diese Genossen, aber ***Geschmack haben*** sie!“

DAS TAPFERE GESCHÖPF

Ein Geschöpf war so tapfer, dass es nicht nur ***andere***, die völlig nackt waren, ohne zu erschrecken betrachten konnte, sondern – was mindestens so ungewöhnlich ist – auch sich selbst.

Einleuchtend, dass es nicht von ***dieser*** Welt sein konnte.

DAS ÄNGSTLICHE GESCHÖPF

Ein Geschöpf war so ängstlich, dass es immerfort unter den Rock der Nachbarin guckte, ob diese auch wirklich ***vollständig*** anwesend sei – damit es nur ja gut behütet wäre!

„DARF ICH SIE INKOMMODIEREN?“

„Darf ich Sie inkommodieren, meine Gnädigste?“ „Nie und nimmer mehr auf dieser Welt!“ Mit aller Entschiedenheit wies die Baronesse Nadine Sauermichl das Ansinnen von Hofrat Rübensack Nelkengack ***allzu*** vorschnell von sich.

Denn zu ihrem alsbaldigen Bedauern gehorchte er strikt – sodass sie schließlich ***beide*** einsam starben.

Drüben freilich ließ sie sich dann **unverzüglich** auf die ersehnte Weise von ihm inkommodieren.

„INKOMMODIEREN SIE MICH!“

„Inkommodieren Sie mich bitte!“, bedrängte ungestüm die Generalmajorswitwe Adina Geiersack ihren mysteriösen neuen Untermieter Detlev Grauschleier – worauf er ihr mit Handkuss ein vergiftetes Bonbon reichte.

Da er aber zeitgerecht dafür sorgte, dass ihr Magen wieder entleert wurde, vermachte sie ihm anschließend voller Dankbarkeit und Rührung ihr gesamtes Vermögen.

„INKOMMODIEREN SIE MICH NICHT!“

„Inkommodieren Sie mich nicht, sonst wähle ich Sie ***garantiert*** nicht!“, drohte resolut die Marquise Käthe von Trugschluss dem Spitzenpolitiker Dr. Gruselgosch Sargbuckel, der ihr im Wahlkampf eine Propagandabroschüre nebst Foto darbot – nun aber sogleich ängstlich vor ihr davonlief.

Daraufhin wählte sie ihn aus voller **Überzeugung.**

DAS FRECHE MONSTER

Ein freches Monster läutete bei Mrs. Cordula Schnittlauch, biss ihr den Kopf ab, setzte ihn sich auf, schlüpfte in ihren Unterrock – und kassierte fortan ihre Rente.

DAS CHARMANTE MONSTER

Ein Monster war so charmant, dass jedermann, ob jung oder alt, seine Nähe suchte und um seine Gunst warb.

Das Tragische war nur: Dass es ein Monster war, merkte man erst, wenn es einen schon verspeist hatte.

„RUTSCHEN SIE MIR DEN BUCKEL HINUNTER!“

ODER DER GELÄUTERTE RICHTER

„Rutschen Sie mir einfach den Buckel hinunter!“, rief unbarmherzig Richter Canaillo Strengbart jedem Angeklagten zu, der mit seinem Spruche unzufrieden war.

Müßig, zu erwähnen, dass niemand je auch nur ***versuchte***, dieser Aufforderung nachzukommen – bis eines Tages das Unfassbare ***doch*** geschah: Ein frisch verurteilter Sittenstrolch bestieg ihn und rutschte ihm ***hingebungsvoll*** den Rücken erst hinunter – und dann wiederum ***hinauf***, und abermals hinunter und hinauf, hinunter und hinauf ...

Daran fand der Richter nun solchen Gefallen, dass er den Delinquenten umgehend wieder freisprach, heiratete und bei sich zu ***Hause*** einsperrte.

Und seiner Laufbahn bei Gerichte setzte er ein Ende, um sich voll Elan seinem vielversprechenden ***Eheleben*** widmen zu können ...

DER TEUFLISCHE REIGEN

Elf Vollblutteufel tanzten einen Reigen und besprengten einander mit ***Weih***wasser!

Wie ***solches*** möglich war?

In der Kirche und in der Politik ist einfach ***alles*** möglich!

DIE LEBENSLUSTIGE LEICHE (1)

Die vormalige Mrs. Susette Wasserlauf verspürte eine solche „Lebenslust“, dass sie in wilder Hast aus dem Grab zum nächsten Konditor eilte, dort gierig und ohne Bezahlung das halbe Geschäft leerfraß, und sich dann zufrieden wieder hinlegte.

Bis zu ihrem nächsten Anfall von Lebenslust.

DIE LEBENSLUSTIGE LEICHE (2)

Selbst als Leiche war Gräfin Strampilie von Schwanzbeißer so ***lebenslustig***, dass sie gar nicht anders konnte, als vor lauter Freude ständig im Sarge zu rotieren.

Was aber das ***Aller***lustigste dabei war und sie ***vollends*** in Enthemmung stürzte:

Vor dem Tode hatte sie auch keine Angst mehr ...

DER GRUFTHUND ODER

DIE SCHOCKIERENDE ENTHÜLLUNG

Ein vom Schlossherrn Lord Achilles Hinterhäusl eigens engagierter, Respekt heischender Wachhund hatte die ehrenvolle Aufgabe, ***jene*** zahlenden Gruftbesucher energisch zu verbellen, die sich ***allzu*** schaulustig den Särgen näherten.

Was denn schon bloß ***darin*** wäre, äußerte einmal eine vorwitzige Dame einer Gruppe Vergnügungsreisender despektierlich. „***Wahrhaftige, blaublütige Leichen***!“, säuselte ihr der Gruftmeister mit gruseliger Stimme ins Ohr.

Da kreischte sie hysterisch auf und rannte in Panik hinaus. Und der Hund lief wild kläffend hinterher …

DAS GASTRITISCHE GESCHÖPF

Ein gastritisches Geschöpf hüpfte auf einem Staatsbankett von Festgedeck zu Festgedeck, ohne Speis und Trank auch nur mit ***einem*** Blick zu würdigen, da ihm dies von seinem Arzte streng verboten worden war.

Erst als es beim ***Präsidenten*** angekommen war, verschlang es ***ihn***, bei größtem Appetite, mit Haut und Haar – denn dieses ward ihm ***nicht*** ausdrücklich untersagt.

Da sich sein Zustand aber dadurch nicht besserte, fraß es als Draufgabe auch noch den Doktor auf.

DER PAPST IN HOLLYWOOD

Gleich die erste Pilgerreise nach seiner Wahl führte Papst Cowboy den Letzten nach Hollywood, da er der Metropole seinen ganz speziellen Dank abzustatten gedachte für die unzähligen Wildwestfilme – die so vorbildlich die Idee der „frommen, praktizierten Tapferkeit" verbreiteten, wie er bei einem Hochamt vor den Spitzen des Showgeschäfts betonte.

Zum Abschluss des vielumjubelten Besuches erfüllte sich der heilige Gast noch einen lang gehegten Herzenswunsch: In einer vorab gedrehten Sequenz eines über seine Anregung später zu vollendenden „religiösen" Streifens sollte er selber in der Traumrolle eines Märtyrers von einem Rodeo reitenden Wüterich erschossen werden. – Durch ein tragisches Versehen (oder eine göttliche Fügung) war die Waffe jedoch scharf geladen.

So ging der gesamten Filmwelt ein vielversprechendes und gesegnetes Talent frühzeitig verloren – das daher schleunigst von Nachfolger Papst Wildpferd dem Ersten für seine „unschätzbaren Verdienste" heiliggesprochen wurde.

DAS LAUNIGE GESCHÖPF

Ein launiges Geschöpf übergoss den Dompfarrer Pythagoras Hinterfotz vor versammelter Gemeinde mit Messwein und lachte aus voller Kehle hierzu.

Doch nur ***er*** getraute sich in das Lachen einzustimmen.

Denn er war bereits tot.

DER FLOTTE PAPST

So ***flott*** war Papst Schleophil in seinen täglichen Verpflichtungen,
dass ihm stets noch Zeit blieb für seine ***müßigen*** Verrichtungen.

Für diese putzte er sich flott heraus und
kehrte ein zur Nacht – im Freudenhaus.

DAS WALDLUDER

Ein Waldluder mit grünem Federhut und lila Rock lauerte einsamen Wanderern auf und riss ihnen, nachdem es sie herzlichst begrüßt und liebkost hatte, die Köpfe ab, die es dann als Trophäen in seiner Waldgalerie aufspießte.

Die kopflosen Körper magnetisierte es hernach mit seinen geheimen magischen Kräften – schickte sie als Wahlkandidaten in die Politik – und freute sich immer aufs Neue ***diebisch*** über den gelungenen Streich.

DIE DISKRETE LEICHE

Eine Leiche war so diskret, nie ihren Namen zu nennen, wenn man sie danach fragte. „Ich bin eine ***Namenlose***“, hauchte sie nur stets – ehe sie diskret entschwand.

Und als es einmal, nach einer entzückenden Urlaubsbekanntschaft, zum Austausch der Adressen kam, staunte ihr neuer Herzenspartner nicht schlecht, ***wo*** er sie zu suchen hatte: Auf dem Friedhof der Namenlosen.

Diskreter kann man sich wohl ***kaum*** verabreden!

BRITISCHE VERHÄLTNISSE

Mrs. Ida Fizzleshoe aus Idaho fand sich als ***Monarchin*** auf dem ***Throne*** wieder, zwei distinguierte Lords im Hermelin näherten sich gemächlichen Schrittes mit einem silbernen Prunktablett – und stülpten ihr an Stelle ihrer Krone einen randvoll gefüllten ***Nachttopf*** über.

„Mein Gott, das sind ja ***britische*** Verhältnisse!“, rief sie schockiert, aus ihrem Alptraum jäh erwachend.

War sie doch überzeugte ***Republikanerin***!

DER MISSRATENE SARG

Unbarmherzig warf ein Sarg längstens nach der ersten Nacht jede Leiche wieder hinaus: „Sucht euch gefälligst eine ***andere*** Bleibe, verschlafenes Pack! ***Mir*** ist meine Zeit zu ***kostbar*** für euch; ich will auch noch ***anderes*** erleben im Leben!“

Wie kann man bloß ***so*** missraten sein!

DIE NEUGIERIGEN AFFEN

Zwei katholische Affen gierten seit langem, zu erfahren,
welch brennenden ***Geheimnisse*** die Beichten offenbaren.

Nach Jahren demütigster Enthaltsamkeit
machte sich ihnen die Erkenntnis breit:

„Was ***waren*** wir doch für dämliche Affen!
Künftig wirken wir ***selber*** als Pfaffen!!“

DER PAPST ALS PAPST

Ein wahrhaft ehrgeiziges und stolzes Unterfangen hatte sich Papst Dromedarius der Kühne zum Ziele gesteckt. Nicht bloß „Schein-, Pseudo- oder Möchtegernpapst", wie er seinen Vorgängern unterstellte, sondern ein „***wirklicher***, in jeder Hinsicht wegweisender und schlichtweg ***idealer*** Papst" gedachte er zu werden.

Doch musste er zu seiner unsagbaren Ernüchterung immer mehr im Laufe seiner Amtszeit feststellen, dass er nicht die allergeringste Ahnung hatte, wie ein solcher überhaupt aussehen sollte.

So schied er eben auch nur als ganz **gewöhnlicher** Papst – und schämt sich unvermindert bis heute hierfür ...

DER PAPST ALS UNPAPST

Keine übermäßigen Ansprüche stellte Papst Gelblaus der Schlichte an sein neues Amt. Er nahm sich einfach vor, ganz wie ein „***typischer***, herkömmlicher“ Papst zu figurieren.

Da er aber zunächst nicht einmal wusste, wie ***dies*** zu bewerkstelligen sei, studierte er gründlich die überlieferten Rituale, Tagesabläufe und Verhaltensmuster seiner Vorfahren – um sie dann systematisch und getreulich zu kopieren, damit nur ja die heilige Kontinuität gewahrt bliebe.

Doch je mehr er dieserart verfuhr, desto stärker und nachhaltiger empfand er sich als „***Un***papst“ dabei – und fragte sich immer wieder beklommen, wie sich denn seine Vorgänger gefühlt hatten, die ja wohl auch nicht viel anderes getan haben konnten.

Jedenfalls nahm er sich fest vor, im ***Jenseits*** mit den Betroffenen darüber zu referieren.

Nur ließen sich dort leider alle, durch die Bank, glattweg verleugnen ...

DER PAPST ALS TOTER

Erst nach seinem Dahinscheiden wurde dem Heiligen Vater mit tiefer Bestürzung klar, wie ***wenig*** heilig er doch in Wahrheit gewesen war ...

DER PAPST ALS UNTOTER

Zum ruhelosen „Untoten“ war Papst Grünfloh der Vitale während seines überlangen Pontifikats immer mehr verkommen.

Erst als er tot war, fand er endlich Ruhe und Frieden.

Aber selbst das erst geraume Zeit ***später*** ...

DIE VERMISSTE OHNMACHT

„Sie können ohnmächtig werden so oft Sie nur wollen, das ficht mich nicht an!"

Solcherart „ermuntert", gelang es der Baronesse Lisette Pudelmaul in der Tat immer aufs Neue, das Bewusstsein zu verlieren, sobald ihr Hauskobold ihr seine wöchentliche Reverenz erwies. Beim Erwachen freilich registrierte sie dann stets mit Wohlgefallen, dass er galant ihre Hand hielt und sich genüsslich an ihrem Tee erquickte.

Bis sie eines Tages ihre Schreckhaftigkeit endlich besiegte – und völlig heiter und gelassen ihren Gast empfing. Worauf dieser so enttäuscht war, dass er seine Besuche bei ihr einstellte.

Da starb sie alsbald an gebrochenem Herzen.

DAS ERLAUBTE GESCHÖPF

Ein erlaubtes Geschöpf ***verzichtete*** im Augenblick der Geburt großzügigst auf seine Erlaubnis und kehrte der Welt wieder den Rücken – nachdem es ihr noch rasch sein Hinterteil gezeigt und eine lange Nase gedreht hatte.

DAS UNERLAUBTE GESCHÖPF (1)

Ein unerlaubtes Geschöpf ließ sich herab auf die Erde – wo es inkognito noch heute weilt.

Und da es keiner kennt, ist es auch von Strafverfolgung frei.

DAS UNERLAUBTE GESCHÖPF (2)

Ein unerlaubtes Geschöpf wurde dessen ungeachtet in die Welt geboren und lebte unerkannt, bis es im hohen Alter starb.

Erst die Obduktion förderte seine wahre Identität zutage.

Empört machte man ihm nachträglich den Prozess – und sperrte es in einen Sarg.

DIE FREUNDLICHE LEICHE ODER

DIE OPERATIONSASSISTENTIN

Noch als Leiche war Miss Wally Hutschlüpfer zu jedermann stets nett und freundlich, sodass man sie richtiggehend ins Herz schloss und ihr ständig Kränze ans Grab brachte – die sie dann bei ihren regelmäßigen Spitalsbesuchen lächelnd an die am ***meisten*** gefährdeten Patienten weiterreichte.

Und bei besonders ***kritischen*** Operationen stand sie Arzt und Patienten ***gleicher***maßen bei, um ihnen hoffnungsfroh Mut zuzusprechen: „Schaut, meine Lieben, das ***Äußerste***, was Euch passieren kann, ist, dass es ***eine mehr*** von meiner Sorte gibt!"

Das beruhigte jeweils ***ungemein*** – und munter schnitt der Doktor darauf los ...

DER STAATSFLEGEL

Ein polizeilich bekannter „Sittenflegel“ lauerte höchsten Politikern und Diplomaten auf und flüsterte ihnen „***Mausi***“ ins Ohr, ehe er sich an ihnen verging.

Und nachdem er endlich beim **Staatspräsidenten** angelangt war, ernannte ihn dieser zunächst per Dekret zum „***Staats***flegel“ – um sich ihm ***dann*** erst voll und ganz hinzugeben ...

DIE KANZLEI DES VERDERBENS

In bestem Treu und Glauben übergab Rechtsanwalt Dr. Cicero Flaubischer seine renommierte Kanzlei aus Altersgründen an Dr. Xaverio Schloomirl – einen ihm von der Kammer wärmstens empfohlenen, ehrgeizigen jungen Teufel.

Dessen „Mission“ allerdings ***darin*** bestand, die Klienten so lange in riesigen Gurkengläsern einzuschließen, bis sie **verdorben** waren – um sie dann als „erledigt“ unter den Aktenbergen zu begraben.

Honorar kassierte er hierfür prinzipiell ***keines***. Denn ***so*** verderbt war selbst ***er*** nicht!

DER PAPST UND DAS HUNDERL

Ungestüm und ungeduldig drängte sich beim festlichen Osterhochamt mit Papst Schlapfelmeier dem Schläfrigen ein junges Hunderl zur Kommunion vor. „Bist du denn ein ***Menscherl***?“, fragte er erstaunt.

Da es bekräftigend bellte, schob er ihm zur Belohnung gleich 3 Hostien ins Maul, segnete es, nahm es später mit in seine Privatgemächer, wo es im heiligen Bett schlafen durfte – und machte einen ordentlichen Christen aus ihm, der, wie es sich gehört, über päpstliche Anordnung hin sogar bellen konnte ...

DER PAPST UND DAS MENSCHERL

Während einer Audienz versuchte ein offenbar herrenloses Menscherl[1] krampfhaft, Papst Erlauchtius dem Edlen ans Bein zu pinkeln.

„Bist du denn ein ***Hunderl***?“, fragte er verwundert. „Ja“, nickte es keck.

Da segnete er es, übergab es dem Tierheim zur Unterbringung in einem Zwinger und sorgte für seine Verpflegung.

Und jeden Sonntag hatte es Auslauf und durfte ihn in Privataudienz besuchen, um wieder „Hunderl“ mit ihm zu spielen ...

---

[1] Kleines Mädchen

DAS SELIGE MONSTER

Ein Monster war rundum glücklich und selig, ein solches zu sein.

Denn nur so vermeinte es, gegen ***versehentliche*** Beleidigungen gesichert zu sein.

Bis es freilich auch ***dies***bezüglich eines Besseren belehrt wurde …

DAS UNSELIGE MONSTER

Ein unseliges Monster wurde nach seinem Tode seliggesprochen. Als Papst.

Solch seltsame Bräuche gibt es gottlob nur auf Erden!

DIE WISSBEGIERIGE NONNE

Von Natur überaus wissbegierig, gedachte Mademoiselle Rosl Weitschweifer in ihrer Eigenschaft als Nonne ***unbedingt*** herauszufinden, ob Gott ***wirklich*** überall sei.

Als am Heiligen Abend die Oberin, Schwester Isidora Windgemach, vor lauter religiöser Verzückung an Durchfall erkrankte, öffnete die Lernwillige unvermittelt und ohne anzuklopfen die unversperrte Toilettentür, sodass die ohnehin gestresste Benützerin – ***zutiefst*** getroffen in ihrem sittlichen Empfinden – augenblicklich den Geist aufgab, hierzu aber noch flehentlich ausrief: „***Verlass*** mich nicht, o Herr!“

Woraus Mademoiselle tief befriedigt den Schluss zog, dass der Bedauernswerte auch an ***jenem*** Örtchen gewesen war.

Ausgewiesen durch ihr reiches Wissen sowie Güte und Barmherzigkeit, nahm jetzt ***sie*** den Platz der Oberin ein.

DER ZWEIFACHE DACHSCHADEN

Lord Henry Watergeist erschien aufgeregt in der Psychiatrie, wo er einen Dachschaden meldete und dessen ehebaldigste Behebung forderte.

Man freute sich über seine Einsicht und behielt ihn gleich zur näheren Untersuchung dort.

Unterdessen regnete es munter ***weiter*** in sein Haus ...

DER VERLIEBTE MORD

Ein Mord war so ***rasend*** in sich selbst verliebt, dass er es ganz einfach nicht mehr ***aus***hielt.

Er ermordete sich selbst, verscharrte sich tief und schwor sich bei seinem ***Tode***, sich niemals wieder auch nur ***an***zublicken!

Doch selbst ***das*** half nichts …

DAS GEHEIMNIS DER ARZTLEICHE

Als man auf einer unscheinbaren Bergstraße den Leichnam eines Mannes fand, der laut Ausweis Doktor der Medizin gewesen war und aus einem Nachbarorte stammte, stand man im ganzen Dorfe vor einem schier ***un***lösbaren Rätsel: Wie konnte ein ***Arzt*** nur ***selber*** als Leiche enden?!

Erst geraume Zeit später vermochte man ***endlich***, erleichtert das Geheimnis zu lüften:

Die Papiere waren ***gefälscht***, in Wahrheit hatte es sich um ***Bäckermeister*** Schurl Schnaburl gehandelt!

DAS SCHLÜPFRIGE GESCHÖPF

Ein Geschöpf war so schlüpfrig, dass man, wenn man es nur von ***weitem*** sah, bereits ausrutschte und auf allen vieren landete. Wobei das noch gar nicht einmal das Schlimmste war:

Während man wehrlos auf dem Boden strampelte, näherte es sich rasch, zog seinen Tirolerhut – und erzählte einem solch ***schlüpfrige*** Geschichten, dass man aus eigener Kraft ***überhaupt*** nicht mehr hochkam, sondern die Feuerwehr hierzu benötigte.

Und dabei konnte man noch von Glück reden, wenn es einem nicht hinten ***hinein***schlüpfte – ehe es sich dann vorne wieder verabschiedete …

Printed by Books on Demand GmbH, Norderstedt / Germany